M博士的挑戰書

★★★★★★★★★★★
Sherlock Holmes
★★★★★★★★★★★★

S H E R L O C K H O L M E S

甚麼是邏輯思維？

　　邏輯思維是思考方法的一種。簡單而言，就是透過觀察、分析和推理去作正確判斷。在本書中，我們會將之細分為「檢視問題」、「變換角度」、「逆向推理」、「篩查線索」、「按部就班」5 種思考方法。

邏輯思維對學習有何幫助？

高速思考：明白題目中的邏輯，就能在短時間內，在同類型的題目中推敲出答案。而且因為容易找到事物的規律和關聯性，所以學習速度也會提升。

融會貫通：理解學習內容，還有背後的原理和邏輯，就不用再以死記硬背的方式來學習。

活學活用：硬塞進腦袋的知識，考試過後就會忘掉。可是用邏輯思維，就能對事物有透徹的理解，達至活學活用。

邏輯思維可以應用到日常生活？

例如：小兔子有一件很想要的玩具，想讓福爾摩斯買給他。

如果用一般思維，可能小兔子只會拉着福爾摩斯的衣袖說：「我想要，買給我吧！」

但假如小兔子用邏輯思維思考一下，就會這樣想……

「檢視問題」：為了讓福爾摩斯買玩具給他，他須要做甚麼？

「變換角度」：除了讓福爾摩斯買給他，會不會有其他方法可以買到玩具？

「逆向推理」：福爾摩斯甚麼情況會買玩具給他？在高興的時候？那怎樣才能令福爾摩斯高興？替他按摩肩膊？

「篩查線索」：玩具在哪兒買？價錢多少？會不會有特價？

「按部就班」：平常就做乖孩子，討好福爾摩斯。又或者自己每天儲蓄幾塊錢去買。

這麼一來，他可能就會發現先替福爾摩斯按摩肩膊、討好他，得到玩具的機會也大大提升。所以邏輯思維是很有用的。

目錄

只要解開10道問題，
就能打開寶箱。

①

「檢視問題」

你須要仔細檢視問題，看出問題的本質，並從中找出重要的資訊。如此一來，問題也會迎刃而解。

福爾摩斯在進行推理之前，會把案發現場仔細查看一遍。檢視問題也是一樣，你要仔細地從問題或圖形中，找出能幫助你推理出答案的線索。

這裏有 5 個裝滿巧克力的瓶子，其中 1 個瓶子裝着的是酒心巧克力。

酒心巧克力的外表和普通巧克力完全一樣，普通巧克力每顆重 10g，但酒心巧克力每顆比普通巧克力重 1g。

你手上有一個計算重量的秤子，最少要秤多少次，才能分辨出哪一瓶是酒心巧克力呢？

小孩子不能吃酒心巧克力呀！

不對，一定不用秤 5 次。

所以才要你找出來吧。

每瓶秤 1 次不就可以了？

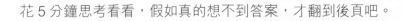

花 5 分鐘思考看看，假如真的想不到答案，才翻到後頁吧。

ANSWER 答案

最少秤 1 次就能分辨到哪一瓶是酒心巧克力。

方法如下：

先從 A 瓶取 1 顆巧克力、B 瓶取 2 顆巧克力、C 瓶取 3 顆巧克力、D 瓶取 4 顆巧克力、E 瓶取 5 顆巧克力。然後秤一下取出來這 15 顆巧克力。

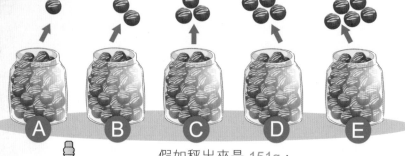

假如秤出來是 151g，
則 A 瓶裝的是酒心巧克力。

秤出來是 152g，
則 B 瓶裝的是酒心巧克力。

秤出來是 153g，
則 C 瓶裝的是酒心巧克力。如此類推。

巧克力的原材料可可曾被美洲原住民視為珍貴的食物和藥物，瑪雅文明甚至把它當作貨幣使用。後來可可傳入歐洲，但仍被視為飲品的一種。直至 19 世紀，英國人約瑟夫・弗萊發明令可可固體化的方法，才開始出現我們現在喜歡進食的巧克力。

Q2

夏洛克、猩仔和馬齊達一起去買糖果，收費每人 10 元，3 人共付 30 元。但豬大媽給他們優惠，所以退回 5 元。由於 5 元不能平分 3 人，所以夏洛克他們 3 人各取 1 元，然後把餘下的 2 元投進善款箱。

也就是說，每人付了（10-1）9 元，合計付了（9×3）27 元，加上投進善款箱的 2 元，即（27＋2）29 元。

原先付了 30 元，為甚麼現在計出來的是 29 元，剩下的 1 元跑哪去了？

哎，一定是豬大媽騙錢！

你想騙我問題騙我！

騙人的是這道問題喔。

……你在說甚麼？

花 5 分鐘思考看看，假如真的想不到答案，才翻到後頁吧。

9

那 1 元根本沒有消失。

ANSWER
答案

夏洛克説的沒錯，其實這完全是問題誤導。

問題所提出的算式：（10-1）×3 ＋ 2 = 29，其實是錯誤的算式。

真正的算式應該如下：

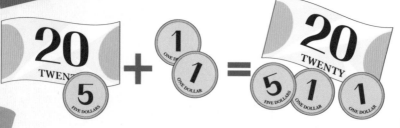

糖果價錢 25 元 + 投進善款箱的 2 元 =27 元

27 元 +3 元（每人退 1 元）=30 元

其實，問題提出的 27 元是已經包括投進善款箱的 2 元，卻沒有計算退回的 3 元。只要你的邏輯思維能力夠強，就能一眼看穿它的謬誤。

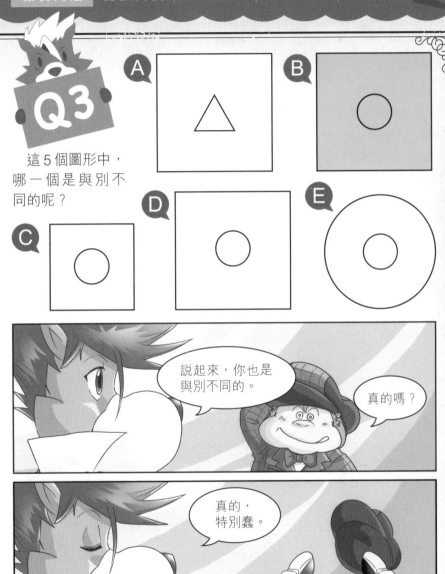

這5個圖形中，哪一個是與別不同的呢？

說起來，你也是與別不同的。

真的嗎？

真的，特別蠢。

花5分鐘思考看看，假如真的想不到答案，才翻到後頁吧。

D 是與別不同的。

中間是三角形

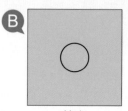

藍色

外框特別細小

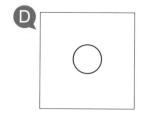

外框是圓形

只要看上圖就知道答案了。

A 的中間是三角形；B 是藍色的；C 比其他細小，E 的外框是圓形。也就是說，只有 D 是沒有任何特點。所以 D 就是與別不同的。

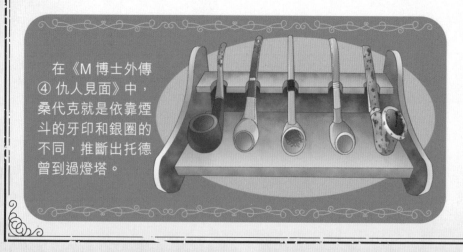

在《M 博士外傳④ 仇人見面》中，桑代克就是依靠煙斗的牙印和銀圈的不同，推斷出托德曾到過燈塔。

ANSWER 答案

他們會首先點花之戀。

把大家想要的壽司整理成一個表格就能輕易計算。

吞拿魚	1				1		2
三文魚	1	1	1				3
鰻魚			1	1		1	3
花之戀		1		1	1	1	4

其實總共只有 4 款壽司，而且愛麗絲和狐格森的口味竟然是一致的。最多人想吃的壽司是花之戀，總共有 4 人想吃。

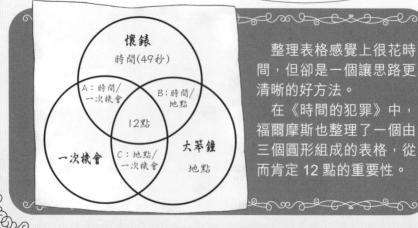

懷錶
時間(49秒)

A：時間/
一次機會

B：時間/
地點

12點

一次機會

C：地點/
一次機會

大笨鐘
地點

整理表格感覺上很花時間，但卻是一個讓思路更清晰的好方法。

在《時間的犯罪》中，福爾摩斯也整理了一個由三個圓形組成的表格，從而肯定 12 點的重要性。

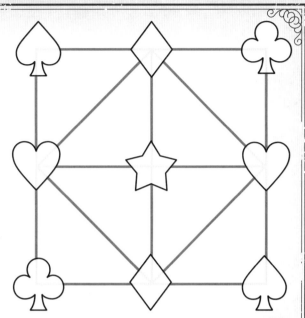

左圖有 9 個圖形空格，分別代表 1 至 9 不同數字。而圖中有 6 個正方形，不論是哪一個正方形，將它 4 角的數字加起來也是 20。

請問中央的數字是甚麼？

先計出 1 至 9 相加起來是多少，就很快知道答案。

1 加 2 等於 3……
3 加 3 等於……

我不計喇！

花 5 分鐘思考看看，假如真的想不到答案，才翻到後頁吧。

仔細觀察圖片，就會看到 6 個正方形中，有 2 個正方形是沒有接觸到中央星形的空格。

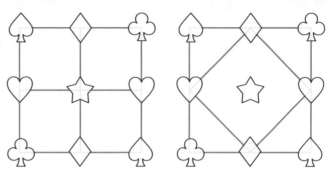

那麼，只要我們把 1 至 9 加起來，再減去 2 個正方形的總和，就會知道留下來的是甚麼數字。

$$1+2+3+4+5+6+7+8+9=45$$
$$45-20-20=5$$

所以中央星形空格是 5。

考考你，以下哪一本福爾摩斯的內容跟數學有關？

逃獄
大追捕

女明星
謀殺案

無聲的
呼喚

太陽的
證詞

猩仔和夏洛克在樓梯上，他們之間相隔了 3 級樓梯。夏洛克上了 6 級樓梯後，超越了猩仔。他們之間現在相隔了多少級樓梯？

簡單！3 級吧。
6 減 3 等於 3！

這不是
數學題啊……

花 5 分鐘思考看看，假如真的想不到答案，才翻到後頁吧。

17

ANSWER
答案

我們知道猩仔和夏洛克之間相隔了 3 級樓梯。夏洛克能夠超越猩仔，代表他本來在猩仔後面。

所以可以推算到位置如下：

當夏洛克前進了 6 格

6
5
↑
4
3
2
1

所以他們最後只相隔了 1 格。

猩仔看到問題，馬上就認為是只要把 6 減 3 就能得出答案。其實是犯了常見的邏輯謬誤「先入為主」。

明天是我的生日，若有人喜歡我，他就會送花給我。

第二天

我收到花了，所以有人暗戀我！

這花其實是房東太太要我交給你的。

原來這束花只是一份禮物，並沒有任何意思。

在邏輯思考時，必須符合客觀規律而又順理成章，切忌自相矛盾、先入為主。否則就會像猩仔和愛麗絲一樣掉入思考的陷阱，產生謬誤。

18

花5分鐘思考看看，假如真的想不到答案，才翻到後頁吧。

19

ANSWER 答案

那個像是 8 字的圖案，其實是常在計算機上看到的電子數字，每一劃上的數字，代表 0 至 9 中有多少個數字會用到該劃。詳細如下：

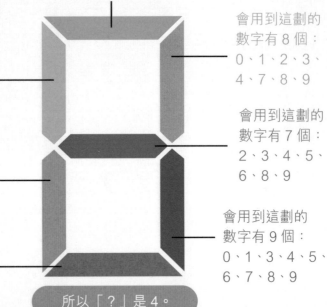

會用到這劃的數字有 8 個：0、2、3、5、6、7、8

會用到這劃的數字有 8 個：0、1、2、3、4、7、8、9

會用到這劃的數字有 6 個：0、4、5、6、8、9

會用到這劃的數字有 7 個：2、3、4、5、6、8、9

會用到這劃的數字有 4 個：0、2、6、8

會用到這劃的數字有 7 個：0、2、3、5、6、8、9

會用到這劃的數字有 9 個：0、1、3、4、5、6、7、8、9

所以「？」是 4。

甚麼是 0 和 1 ?

電腦是靠上百萬個很小的電子元件組成的電路（circuit）來運作，電路上的每條電線（wire）只有通電和不通電兩種狀態，0 代表不通電，1 代表通電，所以 0 和 1 不是真正的數值，只是個符號。1 條電線的資訊量稱為 1bit，這也是電腦所能處理的最小單位資訊。

花 5 分鐘思考看看，假如真的想不到答案，才翻到後頁吧。

ANSWER
答案

馬車最多能行走 2500 米。

只要每 500 米就把後備車輪更換到不同的車輪上，就能多行走 500 米了。

行走距離	車輪消耗				
	車輪 A	車輪 B	車輪 C	車輪 D	後備車輪
500m	500	500	500	500	0
1000m	500	1000	1000	1000	500
1500m	1000	1000	1500	1500	1000
2000m	1500	1500	1500	2000	1500
2500m	2000	2000	2000	2000	2000

車輪的作用

在《智救李大猩》中，福爾摩斯，利用車輪來計算距離，找出炸彈的正確位置。

「**?**」是甚麼？

$$1 + 5 = 6$$
$$3 + 9 = 12$$
$$1 - 9 = 4$$
$$3 + 10 = ?$$

這問題的提示是時鐘！

呀！我知道！

是吃飯的時間了。

花 5 分鐘思考看看，假如真的想不到答案，才翻到後頁吧。

ANSWER
答案

其實把數字想像成時間就能解答問題。

1 時正，5 小時後，就是 6 時正

3 時正，9 小時後，就是 12 時正

1 時正，9 小時前，就是 4 時正

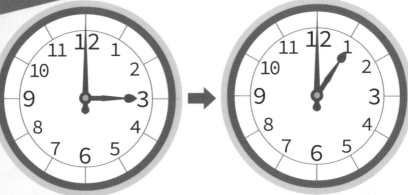

所以「？」是 1，3 時正，10 小時後，就是 1 時正。

12 是很實用的數字

因為我們有 10 根指頭，故此很易會想到用 10 為一個單位。然而，10 只能平分給 2 個人或 5 個人，12 卻可平分給 2、3、4 及 6 個人。時間也是一樣，因為 2 等分、4 等分都有整點，更方便記錄時間。

福爾摩斯、華生、李大猩和狐格森回答 16 題選擇題，答案只有○和▲兩個選擇，各人答對的題數都不同，你知道狐格森答對多少題嗎？

	1	2	3	4	5	6	7	8	9	10
福爾摩斯	○	▲	▲	▲	○	○	○	▲	○	▲
華生	▲	○	▲	○	▲	○	▲	▲	○	▲
李大猩	○	▲	○	▲	▲	○	○	▲	▲	○
狐格森	○	▲	○	▲	○	▲	○	○	▲	○

	11	12	13	14	15	16	答對題數
福爾摩斯	▲	○	○	○	▲	○	10
華生	▲	○	▲	▲	○	▲	7
李大猩	○	○	▲	○	▲	▲	9
狐格森	○	▲	○	○	▲	○	？

這題要分辨出有用的資料。

我可以分辨臭屁和響屁。

我最擅長分辨了。

花 5 分鐘思考看看，假如真的想不到答案，才翻到後頁吧。

25

ANSWER 答案

華生和狐格森的答案完全相反，所以華生答對的題目狐格森答錯，華生答錯的狐格森都答對，將總數 16 題減去華生答對的 7 題，狐格森便答對 9 題。

	1	2	3	4	5	6	7	8	9	10	11	12	13	14	15	16	答對題數
福爾摩斯	○	▲	▲	▲	○	○	○	○	▲	○	▲	▲	○	○	○	▲	10
華生	▲	○	▲	○	▲	○	▲	○	○	▲	○	▲	○	▲	○	▲	7
李大猩	○	▲	○	▲	○	▲	○	○	▲	○	○	▲	○	▲	○	▲	9
狐格森	○	▲	○	○	▲	○	▲	○	○	▲	○	○	▲	○	○	▲	9

整理資料的重要性

很多問題看似複雜，但當你把資料整理起來，做成列表的話，就能輕易看出答案。在《實戰推理⑧ 來自外星的殺意》中，夏洛克為了找出誰偷吃了猩仔的意粉，也用列表整理出線索，隨即找到偷吃意粉的疑犯。

	第 1 張桌子	第 2 張桌子	第 3 張桌子	第 4 張桌子	第 5 張桌子
客人	少女	少婦	少年	老人	中年男人
桌布顏色	黃	藍	紅	綠	白
在喝甚麼	水	茶	牛奶	咖啡	啤酒
在做甚麼	梳頭	看書	打瞌睡	抹嘴	看報紙
在吃甚麼	白汁意粉	墨汁意粉	肉醬意粉		芝士意粉

終於答完了！

信封中還有一張紙。

用最後問題的答案去開啟寶箱。

寶箱中有一張紅色的卡⋯

還要繼續答嗎？

繼續回答問題，就會得知下一個寶藏的埋藏地點。

② 「變換角度」

　　很多問題的解法不只有一個，只要從不同角度思考，自然能找出解決問題的最有效方法。

　　用不同角度思考，就會發現不同的可能性。例如在《逃獄大追捕》中，福爾摩斯雖然推理出馬奇的逃獄方法，但實際上馬奇卻是使用截然不同的方法爬上圍牆。

10 張卡片加起來的數字剛好是 100，與答案要求的 88 相差 12。

1 + 5 + 3 + 15 + 16 +

14 + 26 + 2 + 10 + 8 = 100

問題要求找到 8 張加起來是 88 的卡片，其實也是要求找出 2 張相加為 12 的卡片，而唯一符合這要求的組合就只有 2 和 10。

2 10 = 12

也就是說，答案是 2 和 10 以外的 8 張卡片，即 1、3、5、8、14、15、16、26。

1 3 5 8 14 15 16 26

在《米字旗殺人事件》中，福爾摩斯也破解了一個要用「變換角度」才能解讀的字條，你們記得如何解開嗎？

Q2

福爾摩斯、華生、愛麗絲、小兔子、李大猩、狐格森、M博士猜拳，所有人伸手的手指合共 13 根。出包、剪和槌的各有多少人？

首先想包、剪和槌各用到多少根手指。

我平常都用 3 根手指。

必勝！

試試自己思考 5 分鐘看看！假如真的想不到答案，才翻到後頁吧。

ANSWER 答案

出包的是 1 人，出剪的 4 人，出槌的是 2 人。

首先我們要知道包、剪和槌各用到多少根手指。

槌因為是 0，所以暫且不用理會。

我們要想的是 2 和 5 如何組成 13。

光靠 2 是無法得出 13 的；如果有 2 人出包，也無法得出 13。

所以我們可以肯定只有 1 人出包。

用 13 根手指減去出包的 5 根手指，得出 8。而這剩下的 8，必須由 2 組成。

$8 \div 2 = 4$

所以我們得知有 4 人出剪。

由於這時已經得出 13 了，所以餘下的 2 人必定是出槌。

攻 略

出包較高勝算

根據統計，出包剪槌的機率為槌 35.4%、剪 35%、包 29.6%，出槌的人較多，所以如果出包，勝算會略為提高。

新手模仿對手

新手多會模仿對手上一次出拳，例如對手上次出剪的話，新手這次也會出剪，這時可出槌應對。

男生多會出槌

男生第一局通常會出槌，所以對手是男生的話，可嘗試出包。

第三局改變出拳

若對方兩次出包，第三局便會改變策略不再出包。

經驗之人的模式

老手第一次通常出包，這時可出剪應對。

觀察對方手部動作

手指放鬆：出包　手指握緊：出槌
只有兩隻手指握緊：出剪

你有 A 款和 B 款的 2 種方塊各 10 個。要完全填滿白格，A 和 B 款方塊各要用上多少個？

A 款

B 款

我玩方塊遊戲很出名！

出名輸得快！

怎樣出名？

試試自己思考 5 分鐘看看！假如真的想不到答案，才翻到後頁吧。

33

6 個 A 款 和 4 個 B 款。

A 款

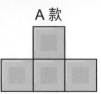

共有 36 個白格。

A 和 B 款則分別為 4 格及 3 格。

B 款

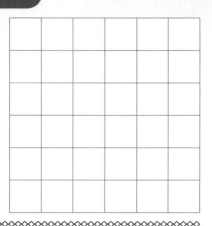

假如 10 個全用 B 款，則只能填上 30 格。

所以我們推斷出 A 款的數量一定比 B 款多。

假如 10 個全用 A 款，則能填上 40 格，比要求的 36 格多出 4 格。

而由於 A 款和 B 款相差 1 格，所以我們只要換走 4 個 A 款，就能得想要的 36 格。也因此得出 6 個 A 款、4 個 B 款的結論。

實際完成例子如下，擺放方法有很多種，你可以試試看喔。

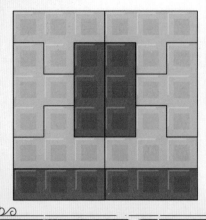

最少要用多少條直線才能把所有圓點連起來？

這太簡單了吧！不就是6條線嗎？

錯。

甚麼？

你被圓點限制了思考，換個角度再想想吧。

試試自己思考5分鐘看看！假如真的想不到答案，才翻到後頁吧。

ANSWER 答案

其實只要 3 條線就能把全部圓點連起來了。

問題並沒有限制直線的長度，但我們思考的時候，卻很容易會被圓點影響，限制了想像。只要習慣了變換思考角度，日後遇上問題時就能更靈活變通了。

福爾摩斯的思考角度

在《智救李大猩》中，當華生以為 M 博士提供食物和煮食工具，只是折磨他們時，福爾摩斯卻變換思考角度，想出將黃泥水過濾成乾淨水，並做出「水瓶燈泡」，成功拯救了身負重傷的李大猩。

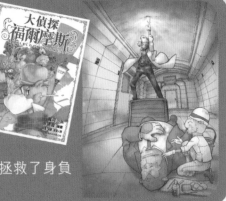

Q5 下圖是火柴砌成的100，請移動2根火柴令數字變成2倍。

這題我完全不懂。

我給你一些提示吧。答案不是阿拉伯數字。

不，我不懂的是100的2倍是多少？

200呀！

試試自己思考5分鐘看看！假如真的想不到答案，才翻到後頁吧。

正如提示所說，200 不是一定是阿拉伯數字。換個角度想想，想成中文數字的話，就能輕易想到答案了。

ANSWER 答案

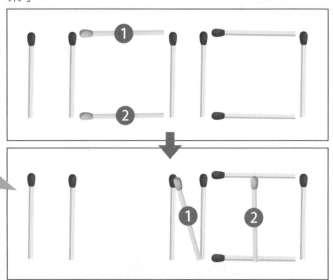

除了我們較常用的阿拉伯數字、羅馬數字和中文數字外，數字其實還有很多不同的寫法。這裏就列舉一些給大家看看。

阿拉伯文	1	2	3	4	5	6	7	8	9	10
中文	一	二	三	四	五	六	七	八	九	十
羅馬文	I	II	III	IV	V	VI	VII	VIII	IX	X
印度文	१	२	३	४	५	६	७	८	९	१०
馬拉雅拉姆文	൧	൨	൩	൪	൫	൬	൭	൮	൯	൰
泰文	๑	๒	๓	๔	๕	๖	๗	๘	๙	๑๐

福爾摩斯和華生玩黑白棋,他們玩到最後把自己顏色的棋子排好,佔多格數的人獲勝,究竟是誰贏呢?

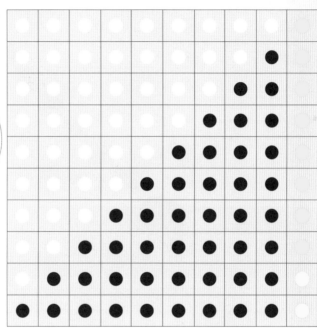

又黑又白數得我頭暈眼花。

除了逐格數,還有更快的方法喔。

試試自己思考5分鐘看看!假如真的想不到答案,才翻到後頁吧。

勝出的是華生。

ANSWER 答案

數一數黑色和白色的橫列，得知黑色有 10 行，白色有 9 行。

只要把黑色扣掉 9 行，就知道雙方的差距是圖中紅色部分，也就是 10 格。

黑白棋的起源：

英國人劉易斯‧沃特曼 (Lewis Waterman) 和約翰‧W‧莫萊特 (John W. Mollett) 聲稱自己於 1883 年發明了黑白棋遊戲，但並未有確鑿的証據。後來，日本人長谷川五郎將黑白棋規則加以修訂後，將之命名為「奧賽羅」，使之逐漸普及起來。

Q7

福爾摩斯等人在玩抽鬼牌，每抽到數字相同的卡牌，就能 2 張一組地丟掉。遊戲進行到一半，現時情況如下：

華生手上有 **3 張牌**

福爾摩斯
手上有
1 張牌

愛麗絲
手上有
4 張牌

小兔子手上有 5 張牌

請問這局遊戲第 1 張牌是發給誰呢？

首先我們要知道一套卡牌，連同鬼牌有 53 張。

因此獲發第 1 張牌的那位，最初必定有 14 張卡牌。

你有沒有聽我說的啊！

試試自己思考 5 分鐘看看！假如真的想不到答案，才翻到後頁吧。

由愛麗絲開始發牌。

ANSWER 答案

　　由於一套卡牌，連同鬼牌有 53 張，不能除以 4。所以會分成一疊 14 張及三疊 13 張的卡牌。即使每抽到數字相同的卡牌，就 2 張一組地丟掉，每疊的奇偶數始終不會改變。

　　福爾摩斯等 4 人中，只有愛麗絲手持 4 張牌是偶數。所以是愛麗絲獲發第 1 張牌。

　　據說抽鬼牌的玩法，原本不是加進 Joker 牌，而是抽走其中一張 Q 去遊玩，所以在日本，抽鬼牌命為「ババ抜き」，意指抽婆婆 (Queen) 的牌。

Q8

　　小兔子選定了以下 1 個玩偶。他把動作告訴華生，把角色告訴福爾摩斯。

　　華生：「只知道動作，根本不能分辨出小兔子選了哪個玩偶！」

　　福爾摩斯：「原本我也不能分辨出小兔子選了哪個玩偶，但聽了你的話，我就知道答案了。」

貓　舉雙手　雙手放下　舉左手

鳥　雙手放下

羊　舉右手　雙手平放

狗　舉雙手　雙手平放

小兔子選了哪個玩偶？

首先要了解華生説話的含意。

如果小兔子選的玩偶是舉左手或舉右手，因為各自只有一款，所以華生就能猜出是哪個玩偶。但他既然不知道，就代表答案是這兩個之外的玩偶。

小兔子選的是雙手平放的羊。

正如前面所說，我們可以先排除舉左手或舉右手的玩偶。然後，如果小兔子選的是鳥玩偶，因為只有一個，所以福爾摩斯就算沒聽華生的話也能猜出是哪個玩偶。但既然他要聽華生的話才知道，就代表答案絕對不會是鳥玩偶。

接下來，狗和貓的玩偶都各有 2 個，福爾摩斯不可能因為聽到華生的話就馬上推斷到答案。所以，只有答案是羊玩偶的情況下，福爾摩斯才能馬上推斷出答案。

「 **?** 」是甚麼？

Q9

?	T	T	F	F
S	S	E	N	T
E	T	T	F	F
S	S	E	N	T

太簡單！答案是 E！

錯，我給你提示吧⋯⋯

字母其實是從左至右順序排列的。

試試自己思考 5 分鐘看看！假如真的想不到答案，才翻到後頁吧。

45

ANSWER
答案

「？」是 O。

實際上這是從 One 到 Twenty 的首個英文字母。所以「？」是 ONE 的首字母「O」。

O	T	T	F	F
One	Two	Three	Four	Five
S	S	E	N	T
Six	Seven	Eight	Nine	Ten
E	T	T	F	F
Eleven	Twelve	Thirteen	Fourteen	Fifteen
S	S	E	N	T
Sixteen	Seventeen	Eighteen	Nineteen	Twenty

其實許多 IQ 謎題中都會使用常見的字母，只要我們靈活變通就能破解。例如 SMTWTFS，代表 Sunday 至 Saturday；JFMAMJJASOND 代表 January 至 December 等等。

August

S	M	T	W	T	F	S
1	2	3	4	5	6	7
8	9	10	11	12	13	14
15	16	17	18	19	20	21
22	23	24	25	26	27	28
29	30	31				

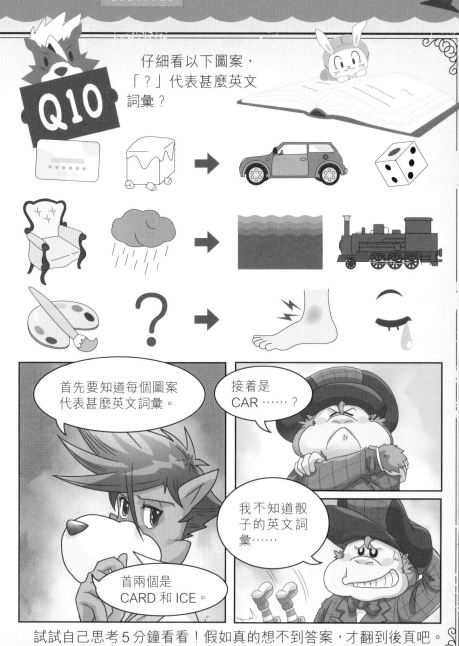

仔細看以下圖案，
「？」代表甚麼英文
詞彙？

首先要知道每個圖案
代表甚麼英文詞彙。

接着是
CAR……？

我不知道骰子的英文詞彙……

首兩個是
CARD 和 ICE。

試試自己思考5分鐘看看！假如真的想不到答案，才翻到後頁吧。

47

「？」是 EAR。

ANSWER 答案

既然問題是問英文詞彙，我們首先要知道每個圖案代表甚麼英文詞彙，然後……

CARD — ICE ➡️ CAR  DICE

SEAT — RAIN  ➡️ SEA TRAIN

PAINT — EAR ➡️ PAIN TEAR

這麼一來，我們就能看出圖案的關係，其實是把第一詞彙中最後一個字母，移後成為第二詞彙中第一個字母。所以 CARD 和 ICE 會變成 CAR 和 DICE，而最後的 PAINT 和 EAR，就會變成 PAIN 和 TEAR。

好！完成！

下一個藏寶地點是公園雕像。

提示是最後一題的答案。

是指雕像的耳朵嗎？

啊！有個信封。

信封裏有 1 張黑色的卡和 10 道問題。

繼續挑戰吧，只剩 2 道難關。

③ 「逆向推理」

　　從結果逆向推論出解決方法，有時候會比漫無目的追查更有成效。這種方法在玩迷宮遊戲時很常用，但實際上也可以應用到不同問題上。

　　在《M博士外傳》中，使用了倒敘推理小說的創作方法。先描述犯案過程，再追述偵探調查過程，也算是逆向推理的一種。

請在空格上填入 1 至 9 的數字。

「>」是數字比對方大的意思吧。

是這樣嗎？

我還以為中央的是飛鏢！

花 5 分鐘思考看看，假如真的想不到答案，才翻到後頁吧。

答案如下：

$1 < 5 < 7$

$4 < 9 > 6$

$8 > 3 > 2$

解答方法：

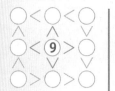 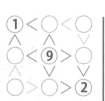 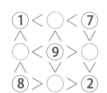 

中央最少比 4 個數字大，所以一定是 6 或以上的數字，最適合填入最大的數字 9。

左上角和右下角基本上可以確認是細數字，最適合填入 1 和 2。

左下角和右上角同樣地最少比 2 個數字大，所以最適合填入比較大的數字，例如 7 和 8。

剩下來的 4 個空格基本上填入甚麼數字也可以。

以上例子並不是唯一的答案，你可以試試找出更多答案。

Q2

華生陪同小兔子到圖書館，小兔子看到書架上的一本書很感興趣，但因為書放得太高，便請華生幫忙。你們知道小兔子想要哪本書嗎？

你要哪本書？

那本書在紅色書的左面，藍色書的下面。

眼花繚亂嗎？大家可以先找出符合第一個條件的書，然後再篩選。

對我來說，所有書都是一樣。

都一樣可以增長知識？

都一樣看 5 分鐘就會想睡。

花 5 分鐘思考看看，假如真的想不到答案，才翻到後頁吧。

ANSWER
答案

引用逆向推理，先排除不是在藍色書下面的書。

剩下的書只有一本書是在紅色書的左面。

福爾摩斯和華生等前往咖啡店，4 人都想買同一款價值 $45 的咖啡，但是店鋪的收銀機壞了，不能找錢。以他們錢包裏的錢來看，要怎樣編排付款順序，才不用店鋪找錢？

注意：他們不能一起付款，或互相找錢啊！

先找出 4 人中，誰可以直接付款不用找錢。

哪個最有錢就哪個請客吧！

不用那麼麻煩。

花 5 分鐘思考看看，假如真的想不到答案，才翻到後頁吧。

①狐格森 ②華生 ③福爾摩斯 ④李大猩

ANSWER 答案

4人中只有狐格森可直接付 \$45 而不用找錢，所以他應該第一位付款。

第一位付款

第二位華生付 \$50，店員便可用剛才狐格森付的 \$5 找錢。

第二位付款

而福爾摩斯先付 \$55，店員可用華生的 \$10 找錢。

第三位付款

李大猩只有 \$100，店員可用福爾摩斯的 \$55 找錢了。

第四位付款

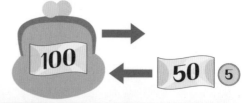

咖啡是很普遍的飲品，但根據專家建議，12 歲或以下兒童應盡量避免吸收咖啡因。而事實上除了咖啡外，茶、汽水、能量飲品，甚至一些巧克力產品，也可能含有咖啡因，大家必須留意。

16

以 1 為起點向 16 前進，每走一格都要依數字的順序填入數字，且必須填滿全部格子。

1   10

也就是像這樣前進。

從 16 開始走回頭會比較容易嗎？

花 5 分鐘思考看看，假如真的想不到答案，才翻到後頁吧。

答案如下：

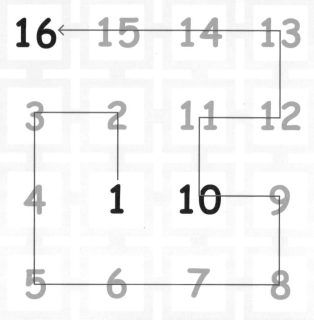

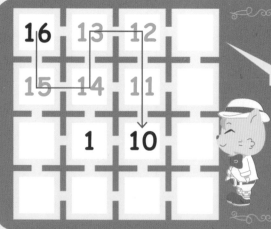

像左圖那樣，雖然也能到達 10，但右上的角落就會形成死角，無法完成整個路線。所以要解答這個問題，可以先把數字連去角落，之後就會更得心應手。

「？」是甚麼顏色？

Q5

這問題最重要是找出顏色的規律。

就是有4種顏色！

我看到規律了！

甚麼規律？

花5分鐘思考看看，假如真的想不到答案，才翻到後頁吧。

？是橙色。

規律是紅綠藍橙，
詳細如左圖：

其實我們不難從這
邊看到「綠藍橙紅」
的規律，只要從這裡
開始逆向推理，就會
知道顏色是有規律地
依三角形前進。

三人被困迷宮,他們一路破解謎題,來到最後難關後,他們必須派一人去選擇 A 或 B 的門,一旦選擇錯誤,就永遠不能離開謎宮。他們該相信誰的選擇呢?

桑代克	夏洛克	猩仔
解答正確率:80%	解答正確率:50%	解答正確率:5%

為甚麼我的解答正確率只有 5%!

的確是有點過分。

對吧?明明我考試每次都是 0 分!正確率應該是 0%!

花 5 分鐘思考看看,假如真的想不到答案,才翻到後頁吧。

ANSWER
答案

應該相信猩仔，但選擇跟他相反的答案。

　　雖然一般情況下，猩仔解答問題的正確率只有5%。但在答案只可二選一的情況下，只要選擇跟他相反的答案，就有 95% 機會得到正確答案，比起桑代克的 80% 還要高呢！

　　當然，概率並不是代表 100%，也有可能這次猩仔在 5% 機率下，選對了答案。但如果桑代克選了 B，而猩仔又選了 A，那麼正確答案是 B 的機會就會大大提升。

1	2	3	4	5	6
7	8	9	10	11	12
13	14	15	16	17	18
19	20	21	22	23	24
25	26	27	28	29	30

福爾摩斯留下了一張字條，指派小兔子到指定的儲物櫃拿取電報。但小兔子卻不明白字條的含意。到底電報是藏在哪一個儲物櫃？

LION

花5分鐘思考看看，假如真的想不到答案，才翻到後頁吧。

ANSWER 答案

電報是藏在第 17 號儲物櫃。

答案非常簡單，其實是小兔子把字條倒轉了。只要把它反過來就會看到 NO.17。

LION　NO.17

在《實戰推理系列④》「實戰推理短篇 黃金船首像」中，桑代克着夏洛克和猩仔思考怎樣由破爛甲板的一邊走到另一邊，夏洛克想出反過來由終點走回起點的方法。

謎題①：試依從以下規則，從A點走到B點。
❶每步只能走1至3枚甲板。　❷而且必須右左腳交替前進。　❸並須於8步內走到B點。

B點　　　　　　　　　　　　　A點

「最後一步必須是**左腳**呢。」夏洛克看着平面圖說，「我知道答案了。」

「等等我啊！你也太快了吧！」猩仔急了。

「只要**反過來**從B點走到A點，很容易就找到答案呀。」夏洛克在記事本上畫出了答案。

「答對了。」桑代克笑道，「你已掌握了變換**思考角度**的要訣呢。」

加 1 劃，使以下算式成立。

不是加在等號上喔。 ≠

$$5+5+5+5=555$$

5…5…5…

唔…唔…唔…

唔…便意來了！

花 5 分鐘思考看看，假如真的想不到答案，才翻到後頁吧。

ANSWER 答案

5+5+5+5 只有 20，跟 555 相距太多。要算式成立，就只有加大 5+5+5+5 或減少 555。要減少 555 的話，我們可以嘗試在 555 中間加入減號或除號，然而不論 55-5 或 55/5 都不會得到我們想要的數字。

要如何加大 5+5+5+5 呢？其實只須在其中一個加號上加上斜劃就行了。

$$545+5+5=555$$

加上 1 條白線，使以下算式成立。

$$2+8=15$$

$$2+13=15$$

←白線

回答這類謎題時，可以使用逆向推理。例如左上這道問題，我們可以先把 15 減去 2，從而得出我們需要令 8 變成 13。那麼只要在 8 字上加 1 條「白線」，就能令算式成立了！

66

小兔子記錄了自己這 5 天所吃的東西。

有 2 天吃意粉，有 1 天吃三文治，有 2 天吃炒飯。

我不會連續 2 天吃同樣的食物。

吃炒飯的前 1 日，我不會吃意粉。

請問小兔子這 5 天依次序吃了甚麼？

我也記錄了今天我吃了甚麼！

有甚麼？

漢堡包、薄餅、拉麵、壽司、蛋糕、炒飯、炸雞、烤肉、蒸蛋、薯片、三文治、咖哩飯、炸蝦、煎魚……

你吃太多了吧！

花 5 分鐘思考看看，假如真的想不到答案，才翻到後頁吧。

根據小兔子的説法。

吃炒飯的前 1 日，不會吃意粉，也不會連續 2 天吃炒飯。

所以吃炒飯前 1 日，一定是吃三文治。

ANSWER 答案

但小兔子吃了 2 天炒飯，卻只吃了 1 天三文治，所以我們可以由此推論出小兔子第 1 天吃了炒飯。

第 1 天	第 2 天	第 3 天	第 4 天	第 5 天
炒飯				

因為第 1 天吃了炒飯，所以第 2 天只會吃三文治或意粉。但如果第 2 天吃了三文治的話，第 3 天就必然吃炒飯，剩下的最後 2 天就只能吃意粉。但因為小兔子不會連續 2 天吃相同食物，所以第 4、5 天都吃意粉是不合理的。

因此我們可以肯定小兔子第 2 天必定是吃意粉。

第 1 天	第 2 天	第 3 天	第 4 天	第 5 天
炒飯	意粉			

接下來第 3 天，肯定不會再吃意粉，而三文治必定在炒飯之前。所以第 3 天小兔子吃了三文治，而第 4 天則吃了炒飯。最後一天，就必然是吃剩下的意粉了。

第 1 天	第 2 天	第 3 天	第 4 天	第 5 天
炒飯	意粉	三文治	炒飯	意粉

Q10

請沿線前進，找出連上福爾摩斯的路線。

▼ START

迷宮我最擅長了！答案是這樣！

你有沒有看清楚問題⋯⋯沿線前進呀，不是沿外圍前進。

花5分鐘思考看看，假如真的想不到答案，才翻到後頁吧。

ANSWER
答案

答案如下：

為甚麼從終點走向起點會較容易？

　　為了迷惑玩家，迷宮一般會在起點附近設有大量岔路，但當我們反過來走，就會發現那些岔路形同虛設。例如右圖，如果我們從起點前進，可能會在 A 點猶疑該往左還是往下走，但如果從終點走起，我們馬上就能看出往上走才是正確的路。

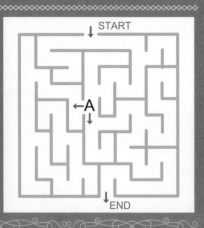

「篩查線索」

　　毫無遺漏地檢視所有可能性。人們通常都會有思考的盲點，如果我們沒有事前篩查，就理所當然地去作決定，很容易就會出錯了。

　　在《大偵探福爾摩斯㉝野性的報復》中，福爾摩斯的老同學兼教授鮑爾提出，小約翰中毒身亡的原因有其他可能性，福爾摩斯才推敲出元兇是獵槍的鉛彈。

Q1

下面有 3 顆積木，將它們擺放成 5+1 或 1+5，都可以得出 6。

在不增減積木的情況下，還有甚麼擺放方式可以得出 6？

6

6

還有甚麼擺放方式？

我知！
是劍和盾！

花 5 分鐘思考看看，假如真的想不到答案，才翻到後頁吧。

ANSWER 答案

英文單詞 SIX。

　　擺放方式如下。如果一直認為是算式就想不到答案了，要思考所有可能性，包括各種數字的表達方式。

　　在第 64 集《爸爸不要我》中，福爾摩斯就曾列舉柯爾行動的所有可能性，然後從中發現問題所在。

	線索及情報	投海自盡	離船逃亡
①	妻子半年前離家出走	情緒低落，自盡原因之一	放棄照顧瑪吉，逃亡原因之一
②	盜取客戶保險金並賭馬輸光	害怕被揭發，自盡原因之二	害怕被揭發，逃亡原因之二
③	登上英法渡輪	為了投海自盡	為了離船逃亡
④	帶瑪吉上船	以便瑪吉被人照顧	以便瑪吉被人照顧
⑤	與偶遇的盧卡斯坐在一起	以便瑪吉被熟人照顧	以便瑪吉被熟人照顧

愛麗絲煮了一碗香噴噴的湯麵，她要福爾摩斯等人猜猜有哪 3 種配料。

一定有蝦和蜆。

我想是牛和雞。

當然是魷魚和蝦。

我嗅到是雞和蜆。

他們各自猜了兩種，每人只答中一種。你們能推測到是哪 3 種配料嗎？

大家不妨畫表格列出他們的選擇，再以「每人只答中一種」推測可能性。

你可以猜猜我這湯麵的配料嗎？

簡單！

就是有湯和麵！

花 5 分鐘思考看看，假如真的想不到答案，才翻到後頁吧。

ANSWER 答案

魷魚、牛和蜆。

先假設福爾摩斯的蝦是對的，在每人只答對一種的條件下，蜆就應該不對。

而李大猩同樣有選蝦，即代表魷魚不對。

結論配料是牛、蝦和雞的話，華生就答對了兩項，不符合條件。

若果蜆是對的，從列表上便可看到蝦和雞都不對，剩餘的配料便是魷魚和牛，符合每人答對一種的設定。

	魷魚	牛	蝦	雞	蜆
福爾摩斯			●		●
華生		●		●	
李大猩	●		●		
小兔子				●	●

所以 3 種配料是魷魚、牛和蜆。

桌上有 1 至 9 的數字球，小兔子拿走了其中 3 個。把那 3 個數字球各自一對一地相加和相減後得出以下 6 個數字。

15、11、8、7、4、3

請問小兔子拿走了哪 3 個數字球？

各自一對一相加相減是甚麼意思？

Ⓐ Ⓑ Ⓒ

把 3 顆球當成 A、B 和 C。

也就是…
A+B、A-B、A+C、A-C、B+C、B-C。

花 5 分鐘思考看看，假如真的想不到答案，才翻到後頁吧。

ANSWER
答案

小兔子拿走了 **9** **6** **2**

如夏洛克所説，我們知道 A+B、A-B、A+C、A-C、B+C、B-C 會得出 15、11、8、7、4、3 這些數字。

首先我們從最大的數字，也就是 A+B=15 開始驗算。
在 1 至 9 的字數之中，相加後得出 15 的，只有 2 種組合：

9 + 6   8 + 7

因此 A-B 就必定是 9-6=3 或 8-7=1。

但 1 並不存在於題目的 6 個數字之中。

由此可知 A 是 **9**，而 B 是 **6**。

接下來，我們只要把第 2 大的數字 11 減去 A，就會得出 C。

11-9 = 2

因此 A、B、C 分別是 **9**、**6** 和 **2**。

最後，我們來驗算一下：

9+6=15   9-6=3   9+2=11   9-2=7   6+2=8   6-2=4

Q4

下面是一個由 4 塊相同形狀拼圖砌成的十字形圖案，每塊拼圖有 5 格，每格圖案不同。你懂得怎樣將它們分割開嗎？

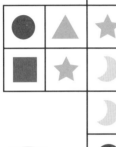

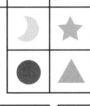

由於每塊拼圖上的圖案不能相同，所以要先分割毗鄰為相同的圖案。

我們平分這蛋糕吧。

草莓給你，蛋糕歸我！

花 5 分鐘思考看看，假如真的想不到答案，才翻到後頁吧。

ANSWER 答案

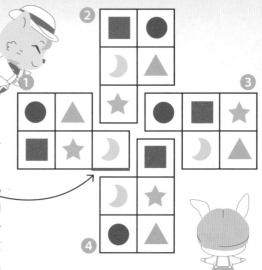

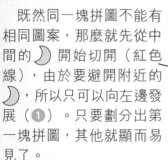

既然同一塊拼圖不能有相同圖案，那麼就先從中間的 🌙 開始切開（紅色線），由於要避開附近的 🌙，所以只可以向左邊發展（❶）。只要劃分出第一塊拼圖，其他就顯而易見了。

如何切3等分蛋糕？

切蛋糕的時候，要分 4 分很容易，但分 3 分就要盲猜？其實不然。只要跟下面方法，保證能切到 3 等分。

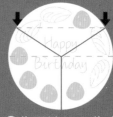

❶先切一刀至中央，然後像是要把蛋糕分成 2 等分似的，把刀放在蛋糕中央位置。

❷在上半的一半輕輕下刀。

❸依兩邊切口往中心點，這就是完美的三等分了！

Q5 有 5 個連在一起的地洞，當中住了一頭地鼠。福爾摩斯每次可以調查其中一個洞，假如抓不到地鼠，在他調查下一個地洞時，地鼠就必定會乘機逃到左或右相鄰的地洞。請問福爾摩斯要調查多少次地洞，才能抓到地鼠？

> 我抓地鼠最快！

> 怎麼抓？

> 往地洞中放屁！

花 5 分鐘思考看看，假如真的想不到答案，才翻到後頁吧。

ANSWER
答案

如你像福爾摩斯般聰明的話，最多只要調查地洞6次就能抓到地鼠。方法是依「2」→「3」→「4」→「4」→「3」→「2」（或「4」→「3」→「2」→「2」→「3」→「4」）的順序調查，好運氣的話，你可能會馬上抓到地鼠，就算不好運，你也能逐步收窄調查的範圍，最後在第6次調查時必定抓到地鼠。

「 」= 可能有地鼠的地洞　　「 ✖ 」= 不可能有地鼠的地洞

「 」= 福爾摩斯調查的地洞

	洞1	洞2	洞3	洞4	洞5
第1次	🐿	🔍🐿	🐿	🐿	🐿
第2次	✖	🐿	🔍🐿	✖	🐿
第3次	🐿	✖	🐿	🔍🐿	🐿
第4次	✖	🐿	✖	🔍🐿	✖
第5次	🐿	✖	🔍🐿	✖	✖
第6次	✖	🔍🐿	✖	✖	✖

福爾摩斯與華生猜拳 10 次，沒有 1 次打和。
福爾摩斯出了 3 次槌、6 次剪和 1 次包。
華生出了 2 次槌、4 次剪和 4 次包。
在不知出拳次序的情況下，你知道誰勝出了嗎？

不知誰在哪回合出了甚麼，
又怎樣知道誰勝利了？

沒有打和是
很重要的提
示喔。

花 5 分鐘思考看看，假如真的想不到答案，才翻到後頁吧。

ANSWER
答案

勝出遊戲的是福爾摩斯。

　福爾摩斯出了 6 次剪。沒有打和，代表福爾摩斯和華生沒有同時出剪。也就是說，華生在福爾摩斯出剪的時候，分別出了 2 次槌和 4 次包。

　在這情況下，福爾摩斯取得 4 勝 2 敗。

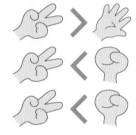

　同樣地，華生出 4 次剪的時候，福爾摩斯出了 3 次槌和 1 次包。

　福爾摩斯 3 勝 1 敗。

總合起來，福爾摩斯以 7 勝 3 敗的成績勝過了華生。

 7 vs 3

不能一筆完成的圖案是 A。

　　其實我們可以從圖案上的分歧點去判別圖案是否能一筆畫完。以下圖為例，它總共有 9 個分歧點，其中有 5 個是雙數分歧點，4 個是單數分歧點。

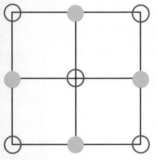

雙數分歧點：
可以向 2、4、6 等雙數方向前進。

單數分歧點：
可以向 1、3、5 等單數方向前進。

　　要一筆完成圖案，圖案必須有 0 或 2 個單數分歧點。以問題的圖案 B 為例子：

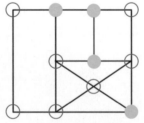

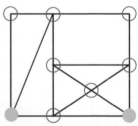

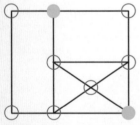

2 個單數分歧點，所以可一筆完成。

假如我們多加一筆，令它變成 4 個單數分歧點，就不能一筆完成了。

但如果保持 2 個單數分歧點，就一定有方法一筆完成。

Q8 在可以重覆使用相同數字的情況下,把2個相加起來等於10的數字連起來,最多可以有多少個組合?

1	2	3	4	5	6	7	8	9
•	•	•	•	•	•	•	•	•

•	•	•	•	•	•	•	•	•
1	2	3	4	5	6	7	8	9

當我是傻子嗎?答案是9呀。

你是傻子呀,答錯了。

為甚麼?

你沒看清問題,也沒找出所有可能性。

花5分鐘思考看看,假如真的想不到答案,才翻到後頁吧。

87

可以有 17 個組合。

一般最直接的想法，必然是像下圖般連起來吧？

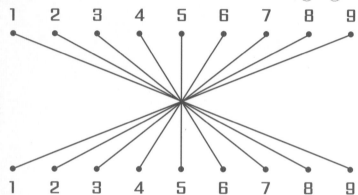

問題特別提到可以重覆使用相同數字，並不局限於把上下連起來。所以，其實還可以像下圖般連起來。

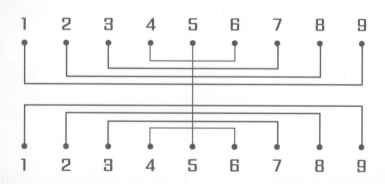

兩種方法相加起來，總共就是 17 個組合了。

「？」是甚麼圖案？

總覺得這問題好像在哪兒看過……

這不是跟神秘老人給我們的謎題很像嗎？

我記起來了！是那個騙子爺爺！

詳見《實戰推理系列① 神秘老人的謎題》。

花 5 分鐘思考看看，假如真的想不到答案，才翻到後頁吧。

答案如圖：

　　破解此題的關鍵是看圖案之間的空隙，這樣就能看到一組算式「5+1-2=」。

5+1-2=4，所以答案是能夠出現 4 的圖案。

　　在《大偵探福爾摩斯 實戰推理系列①神秘老人的謎題》中也出現過類似的謎題，你能解答到嗎？

左面圖形隱藏了一個英文單詞，是甚麼呢？

以直線連起黑點，
繪出 **6個正方形！**

> 怎樣看也只有 5 個正方形……

> 你看漏了一點呢。

> 咦？哪裏？

花 5 分鐘思考看看，假如真的想不到答案，才翻到後頁吧。

6 個正方形如下：

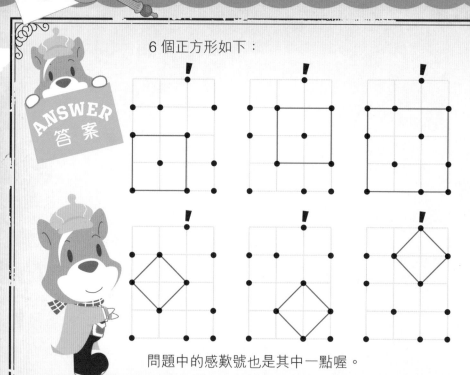

問題中的感歎號也是其中一點喔。

幾何板（Geoboard）是著名埃及數學家 Caleb Gattegno 於 1950 年代發明的。有一次，他臥病在床，一直盯着天花板的瓷磚，忽然想到那些方格瓷磚上的點和線，其實可以組成不同的幾何圖案。於是他把釘子打到木板上，發明了幾何板。

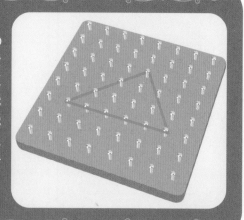

⑤

「按部就班」

　　有些問題看起來很複雜、很難解決，但其實只要我們踏實地一步一步地前進，問題最終還是會迎刃而解。

　　生活中，我們難免會遇上錯折，但就算再困難也好，只要按部就班地從小問題開始逐一解決，就一定可以突破難關，所以千萬不要放棄！

Q1 以下圖案中，直線相連的格子，相加起來的數值全都是一樣的。請替空格填上合適的數字。

$9 =$ 3、5、1

2

4 $= 9$

又是算術嗎？交給你解答吧。

有哪一題不是我解答？

也就是説這些直線相加起來的數值是一樣的。

花 5 分鐘思考看看，假如真的想不到答案，才翻到後頁吧。

95

ANSWER
答案

3
7 1
5 7 9
5 4
5 4
6 4 8

留意這部分，因為有一格相連的關係，而它們相加起來的數值相同，所以我們可以肯定 A+3=4+8，也就是說 A=9。

3
A
4
8

B
3 1
5
6

同樣地，這部分也有一格相連，所以我們知道 B+3+1=5+6，也就是說 B=7

3
7
9

7+9=16，所以我們得知各直線相加的數值是 16，也因比能推斷出剩下的數字是 4 和 5 了。

請穿過所有「+」號從入口走到出口，但每個「+」號只能穿過1次。碰到「+」時，你可以選擇向上、下、左、右4個方向前進，但直至碰到下一個「+」為止，都只能直線前進，不可改變方向。

例子：

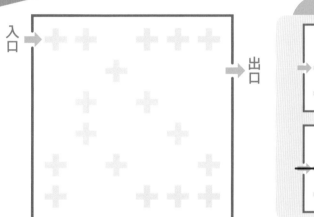

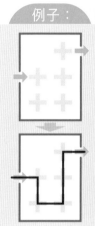

花5分鐘思考看看，假如真的想不到答案，才翻到後頁吧。

像迷宮一樣倒轉玩，也未必能高速解答這問題，但若你留意到只有一個「+」號能直線到達出口，就會更易解答問題。

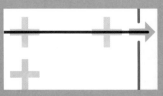

按部就班

我們應該按照步驟一步一步解決問題。

在《實戰推理系列③》「實戰推理短篇 黑色聖誕老人」中，黑色聖誕老人給猩仔出了一道聖誕樹謎題，夏洛克靠逐步計算，終於算出☆代表甚麼數字。

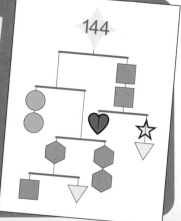

144

食材的價格

在 A 超市內，各種食材價格如下。（注意：每棵菜的價錢一樣。）

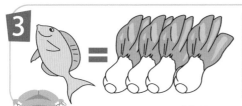

你能計算出一塊肉的價格是多少嗎？

已知 1 條魚等於 4 棵菜，可以利用此線索代入①和②去計算。

有魚，有肉，也有菜，很健康呢。

可惜欠了重要的東西。

甚麼？

欠了不健康的東西！例如薯片、汽水！

花 5 分鐘思考看看，假如真的想不到答案，才翻到後頁吧。

99

食材的價格

　　1 條魚的價錢等於 4 棵菜，套在情況 ❷，即是 1 塊肉加 4 棵菜等於 $30，而情況 ❶ 1 塊肉加 1 棵菜等於 $15，即是 3 棵菜等於 $15，1 棵菜就是 $5，所以 1 塊肉便等於 $10。

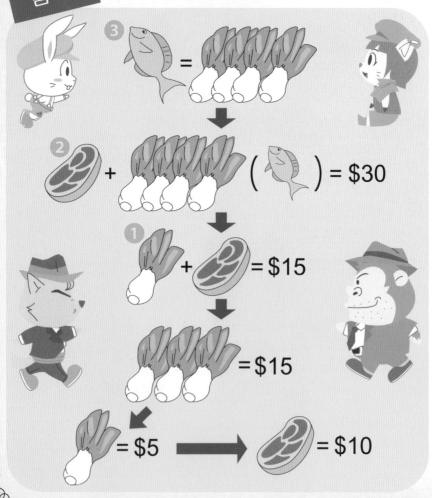

有一個機關，按下不同按鍵，會出現不同數字。請問如下圖般按下按鍵後，會出現甚麼數字？

說起按鍵，假如寫着「不要按下」，反而會更想按下去。

我明白，這是好奇心作祟。

因為我也常常偷吃那寫着「不要偷吃」的糖果。

花 5 分鐘思考看看，假如真的想不到答案，才翻到後頁吧。

從這個 2 個按鍵組合，我們可以推斷出第 1 個按鍵是 10。

從這個 2 個按鍵組合，我們可以推斷出第 2 個按鍵是 8。

從這個 3 個按鍵組合，我們可以推斷出第 3 個按鍵是 6。

所以全部按鍵代表的數字如下，也就是說，答案是 17 和 28。

聖誕卡大比拼

聖誕節完結，愛麗絲他們正在點算收到的聖誕卡數量。

我收到的比愛麗絲多。

我就比李大猩多。

我的比愛麗絲少。

我的比小兔子少。

你們可以按聖誕卡的數量，由多至少排列他們的順序嗎？

① ＿＿＿＿＿＿＿＿　② ＿＿＿＿＿＿＿＿

③ ＿＿＿＿＿＿＿＿　④ ＿＿＿＿＿＿＿＿

可以按他們的説話，以符號整理為狐格森＞愛麗絲，這樣便清晰多了。

我從未收過聖誕卡，但今年終於收到1張。

不過，那是我寄給自己的。嗚……

花5分鐘思考看看，假如真的想不到答案，才翻到後頁吧。

103

ANSWER
答案

聖誕卡大比拼

①狐格森 ②愛麗絲
③小兔子 ④李大猩

依照他們的對話，以圖像及符號標示，便清晰多了。

 >

狐格森　愛麗絲

 >

愛麗絲　　小兔子

  >

愛麗絲　　　　　李大猩

 >

小兔子　　　李大猩

除了《大偵探福爾摩斯 Side Story 聖誕奇譚》外，《大偵探福爾摩斯 實戰推理系列③赤色塗鴉》都曾描寫福爾摩斯過聖誕的情景呢。

少年偵探團 3 人之中，有 2 人一起踢球時，不小心打破了花瓶。

但除了小胖豬以外，其餘 2 人都不願意作供。在知道無辜的人會說真話，打破花瓶的人會說謊的情況下，哪人是無辜的呢？

小樹熊是無辜的。

小胖豬

小樹熊

小老鼠

犯人一定不是小樹熊！

為甚麼？

他腿太短，踢不了球。

花 5 分鐘思考看看，假如真的想不到答案，才翻到後頁吧。

ANSWER 答案

小老鼠是無辜的。

| 犯人 | 犯人 | 無辜 |

　　如果小胖豬説的是真話，那麼他和小樹熊都是無辜的，只有小老鼠是犯人，證明了他所説的是謊言。既然小胖豬説謊，那麼小樹熊就一定不是無辜。所以只有小老鼠才是無辜的。

證人甚至犯人的證詞，有時候不一定全是真實。就像《大偵探福爾摩斯㉕指紋會説話》中，學生們都為了保護同學，而紛紛自認是詞典小偷。

106

骰子依照圖示方向一直滾過去的話，最後骰子向天的那面會是甚麼數值？

我擲骰子常常擲到 6。

這不是好事嗎？

玩飛行棋時，常常都 2 個 6，返大陸……

返回起點…

花 5 分鐘思考看看，假如真的想不到答案，才翻到後頁吧。

最後骰子向天的那面是 3。

ANSWER 答案

我們先假設骰子看不到的部分是 4、5 和 6，然後逐步想像向天的數值是甚麼，滾到最後就會發現是 3 了。

實際上，當骰子如左圖滾一下的時候，向天的數值是對稱的。所以，滾到第 2 下的時候，我們已可以推斷出答案了。但這種相稱的情況，只適用於 3x3、5x5 等比例上。

用長方形或正方形分割以下圖案，方格內的數字代表它所佔的格數。請找出「？」所佔的格數。

	3			4		
					5	
6			?			
					9	
	8					
					3	
2				5		

例子：

4		3
	2	

↓

4		3
	2	

無從入手呢…

如果你留意到這是一個 7x7 的圖案，就已經可以排除不少可能性了！

花 5 分鐘思考看看，假如真的想不到答案，才翻到後頁吧。

ANSWER
答案

「？」是 4，
詳細如左圖：

各數字表示佔
的格數，全部數
字相加，就知
道佔了 45 格，
總共有 7x7=49
格，把 49 減 45
就得知「？」是
4 格。

你也可以用逐步推敲的方法解答

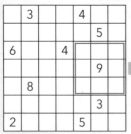

▲ 由於是 7x7 的圖案，
所以 9 只能是正方形，
不能是長方形。

▲ 3 和 5 無法組成正方
形，所以必定是長方形。
因為上下已沒空間，所以
必定是橫向。右上角的 4
也是同一道理。

▲ 8 只能是長方形，由
於上方有 6 阻礙，所以
必定是橫向。左下角也
因此確定是橫向的 2。

▶ 如果左上
角的 3 是
直向的，6
就無法組成
四方形，所
以它必須橫
向。

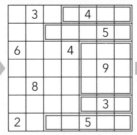

◀ 剩下的 6 雖
然可以橫向，
但會構成一個
空白位置，所
以它應該直
向。這麼一來
就知道「？」
是 4 了。

玩具店的櫃上擺放了 3 款不同的陶瓷娃娃，每層的娃娃種類和數目雖然不同，但每層的合計重量卻同樣是 2400g。

請問 3 款陶瓷娃娃各重多少？

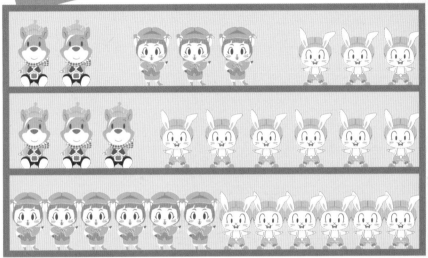

我也想在家中擺放這麼多娃娃。

招財貓啊！早日發達！

甚麼娃娃？

花 5 分鐘思考看看，假如真的想不到答案，才翻到後頁吧。

先看中和下層的櫃子，刪去相同數量的小兔子娃娃後，我們得知 1 個福爾摩斯娃娃等於 2 個愛麗絲娃娃。

再看上和中層的櫃子，刪去相同數量的娃娃後，得知 1 個愛麗絲娃娃等於 3 個小兔子娃娃。

所以我們知道 1 個福爾摩斯娃娃等於 2 個愛麗絲娃娃等於 6 個小兔子娃娃。

把下層的小兔子娃娃換算成愛麗絲娃娃後，得知 8 個愛麗絲娃娃等於 2400g，也就是 1 個愛麗絲娃娃等於 300g。所以福爾摩斯娃娃等於 600g，而小兔子娃娃等於 100g。

 = 600g

 = 300g

 = 100g

愛麗絲在製作花束。她有紅、粉紅、橙色3種顏色的玫瑰,為了美觀,相同顏色的玫瑰不能放在一起。「?」的是甚麼顏色的玫瑰?

答案是粉紅色的玫瑰。詳細如下圖：

ANSWER
答案

粉紅色
或橙色

粉紅色
或橙色

由於相同顏色的玫瑰不能放在一起，所以左上角的紅玫瑰旁邊，一定是粉紅或橙色的玫瑰，而與之相連的則必定是紅玫瑰。

紅玫瑰與粉紅玫瑰之間，必定是橙玫瑰。

用相同法則往下推算，很快就得知「？」是粉紅色的玫瑰。

信封的封印有個「M」字，你為甚麼自稱 M 博士呢？

我從沒說過自己是 M 博士啊！因為這個思考訓練是我的恩人 M 先生想出來的。

所以我才用「M」的封印罷了。

那麼我們合格了嗎？

你手上是不是有 3 張卡？先給我吧。

還有最後一條問題，答對才算合格。

三張卡背面一樣，但卡面是兩紅一黑，你們選中紅卡就算贏。

你可以指一張卡，問我一道問題，但我只會回答「是」與「不是」。

如果你指到紅卡的話，我就會說真話；

但如果你指到黑卡，我可能會說真話，但也可能說假話。

來吧，快找出紅卡吧。

怎麼找呀？怎知你會否說謊。

夏洛克，你想到嗎？

想到了。

那麼你要問我甚麼？

這張卡……

你怎樣知道的？

這個問題看起來複雜，但其實很簡單。只要指中間的一張卡，問它左或右的卡是否紅色，就能推測出答案。

例如我剛才指着中間的卡，問左側的那張卡是否紅色。

如果中間的卡是紅色，桑代克先生一定會説真話，所以⋯⋯

桑代克先生答「是」，就説明它左邊也是紅卡；桑代克先生答「不是」，就説明它右邊才是紅卡；

如果中間的卡是黑色，桑代克先生不一定會説真話，但不管桑代克先生答「是」或「不是」也沒關係，因為左右都一定是紅色卡。

全對，這是我給你們的寶物。

YOUNG DETECTIVE LEAGUE

*翻到封底，剪下屬於你的少年偵探團 G 團員証吧。